JN010090

笑いあり、
しみじみあり

シルバー川柳

天《てん》真《しん》らんまん編

みやぎシルバーネット＋河出書房新社編集部 編

河出書房新社

本書は、宮城県仙台市で発行されている高齢者向けフリーペーパー『みやぎシルバーネット』に連載の「シルバー川柳」への投稿作品、および河出書房新社編集部あてに投稿された作品から構成されました。

投稿者はみな、六〇歳以上のシニアの方々です。『みやぎシルバーネット』への投稿者の多くは仙台圏在住の方ですが、それ以外の地方から投稿されている方もいます。また河出書房新社編集部へは、全国の皆さんが川柳をお寄せくださっています。なお作者の年齢は、投稿当時の年齢を記載しております。

スイミング
バタフライだよ
助けいらん

百合草信子（71歳）

口《こう》角《かく》を
あげて作るよ
幸福感

國井頼子（79歳）

風光る
八十八歳
八カ月

今井慶子（88歳）

八十代
八方美人はもうやめる

田中倶子（83歳）

日《ひ》向《なた》ぼこ
蓄《ちく》熱《ねつ》したいの
体脂肪

岡部ミナ子（77歳）

老いて今
これがいいから
それでいい

石川 昇（70歳）

風邪引いた
七日引いてりゃ
命とり

斎藤文子（72歳）

お隣《となり》は
クシャミしてるよ
生きてるね

島田正美（74歳）

「元気やで」
子からの電話に
少しうそ

松山敬子（82歳）

もう九十
こんなに生きた
生き過ぎた

石森朝子（89歳）

もういいよ
百までなんて
言わないで

阿部サダ子（84歳）

両手足
つくづく眺め
有難う

田中加子（86歳）

一秒で
補聴器入れ歯
すまし顔

山岸文子（79歳）

誰か来た
入れ歯装着
4秒で

平野洋子（70歳）

いつも暖か
便座とポット
一人茶すする

鈴木良子（80歳）

楽しみは
二人の晩酌
一次会

渡部眞由美（74歳）

プチプチを
つぶして過ごす
プチ別居

川添賢次（74歳）

老夫婦
いつしか夫の
母になり

阿部清子（83歳）

公園を
勝手に管理し
ほくそ笑む

保志 豊（73歳）

老いらくの
恋にも少し
計算が

太田律子（77歳）

年金で
ロマンス詐欺《さぎ》は
無理かしら

神山慧子（84歳）

棺《かん》桶《おけ》が重たかろうとダイエット

近藤圭介（70歳）

キノコ採り秘密基地だと母が言う

小林裕子（67歳）

シミ白髪
シの字が増える
お年頃

川中玲子（79歳）

顔なんか！
心はいつも
きれいです

渡辺勝江（85歳）

診察日
ブランド服着て
ヒールはく

衣鳩智恵子（77歳）

ネコに
幸せかと聞けば
目をとじる

伊藤善治（71歳）

マイナンバー
写真とられた
老いた顔

金田綾子（85歳）

久し振り
紅をさす手が
ふるえます

芦立冨見代（87歳）

特集　終活あれこれ

人、それぞれのやり方で。
いろいろ気になり、
進むような進まぬような……

恋文は とってあります 生き甲《が》斐《い》に

長谷川幸子（88歳）

処分する
ヒールの高い
靴全部

嶋田祐子（64歳）

終活の
本だけ読んで
終えた気に

二階堂喜久子（76歳）

自分史の
黒い過去だけ
脚色し

狩野牧男（83歳）

秋の夜に
終活ノート
ペン進む

菱沼俊行（76歳）

惜しみつつ
俺の生まれた
家解体

千葉幸規（71歳）

ボチボチと
墓地を捜《さが》そう
独り分

菅野孝司（74歳）

自分史を
書くため目立つ
事をする

高橋永喜（68歳）

自分史を
書き始めるも
つまらない

小関美枝子（77歳）

終活で
家系図作成
振り返る

高橋義雄（85歳）

終活は
まだまだ先よ
八十三

佐藤紀子（83歳）

見やすくて捨てなきゃ良かったこども図鑑

木村鏡子（67歳）

セルフレジ
あちこち押して
かたまった

村田 稔（70歳）

セルフレジ
今日も店員
飛んで来た

川添雅子（73歳）

詳しくは
ホームページと
ジジ泣かせ

中鉢紀雄（82歳）

大きくなったなぁ
あと一年で
八十かぁ

田中則子（79歳）

八《や》十《そ》路《じ》坂《ざか》
笑い飛ばせぬ
「どじ」が増え

及川征海（82歳）

いきなり
私を目標とか
ご勝手に

遠藤郁子（88歳）

湯上がりの
妻の色気に
我忘れ

中村秀男（79歳）

酸《す》っぱいな
恋心かな
胃酸かな

古宮孝一（63歳）

味薄い
醤《しょう》油《ゆ》を持つと
ババにらむ

浅利勝志（82歳）

右分けか
左分けか
迷えたころ

ももひきを
タイツと呼んで
履き続け

2句とも村田 稔（70歳）

老いの恋
若気の至り
ぶり返す

渡部敬三（73歳）

七十に
恋占いも
ないもんだ

菅田稔（78歳）

注射器が
いつもの血管
狙ってる

村上泰子（83歳）

お変わりが
ないはずはない
六十九

櫻井康雄（69歳）

診察日
ヒゲと歯磨き
時間かけ

岡本宏正（81歳）

ひと仕事
終えるたびごと
甘いもの

今野弥生（66歳）

時短わざ
魚ソーセージ
丸かじり

岡本頴子（81歳）

これもだめ
あれもだめなの
老いの食

成澤治雄（88歳）

年きかれ
三才さばよむ
婆心

衣鳩智恵子（77歳）

引きこもり
大声出して
歌うたう

安倍幸子（79歳）

ムカデ出て
つくづくほしい
男《おとこ》手《で》が

太田律子（77歳）

席譲《ゆず》る
八十路《やそじ》の矜持《きょうじ》
胸を張る

村上重作（84歳）

年ですと
言わないつもり
誕生日

小野幸子（85歳）

古希なのに
還暦なのよと
言い張るわ

中村勇子（70歳）

娘《こ》の世話に
なりたくなくて
ジム通い

酒井三千枝（77歳）

さあ行くぞー
働くよろこび
ペダル踏む

安藤恵子（79歳）

ウォーキング
スーパーの中も
通り抜け

新井和子（83歳）

九十の
母にあれこれ
使われて

嶋田祐子（64歳）

言いたい事
少し控えて
子と同居

松山敬子（82歳）

ゴミ出す日
嫌な世相も
袋詰め

中鉢紀雄（82歳）

一人きり
裸《ら》族《ぞく》になって
風呂上がり

太田律子（77歳）

初ひ孫
あくびしただけ
大はしゃぎ

守永京子（75歳）

「コンニチワーッ」
一《ひと》際《きわ》大声
ひ孫来る

扇 光男（89歳）

孫は殿
婆《ばあ》は天狗で
爺《じい》は馬

川添雅子（73歳）

ババあてて
背中に書く文字
孫の指

佐藤洋子（79歳）

毎日の
孫の音読
聞きたいな

遠藤洋子（71歳）

ぎゅっと抱き
されるがままの
孫娘《まご》妖精

衣鳩智恵子（77歳）

婆さんは
こたつの廻《まわ》りに
すべて置き

吉田早魅子（74歳）

しわ白髪
しみがあっても
エレガンス

田中倶子（83歳）

ひとり居《い》の
部屋を賑《にぎ》わす
ぬいぐるみ

神崎シゲ子（82歳）

寂しさと
気楽さ同居
独り身は

酒井三千枝（77歳）

キッチンは対面式でも相手なし

神崎シゲ子（82歳）

禁煙を
しても家では
煙たがれ

島田正美（74歳）

ジジよりも
ペットの寿命
長くなり

山田文雄（69歳）

続かない
朝の散歩と
スクワット

山本憲子（75歳）

異常なし
帰りの道は
スキップし

横尾久美子（81歳）

むきになる
杖《つえ》持つ人に
追い越され

佐賀安一（82歳）

日々無言
食べる時だけ
口開ける

安倍幸子（79歳）

骨《こつ》粗《そ》鬆《しょう》症《しょう》
のような食パン
春寒し

今井慶子（88歳）

読めるかな
般《はん》若《にゃ》心《しん》経《ぎょう》
読んでみる

書けるかな
般《はん》若《にゃ》心《しん》経《ぎょう》
書いてみる

2句とも、佐藤陽子（85歳）

顔のシワ
増えて逃げ出す
脳のシワ

川添賢次（74歳）

おお寒い
独りぼっちの
みの虫よ

調理器が
ピイピイ催《さい》促《そく》
待てないの？

お買い求め方法は2つ

1 書店で買う

全国どこの書店でも買えます。
店頭にない場合はお取り寄せもできます。
また、Amazon、楽天ブックスなどの
ネット書店でも発売中。

2 通信販売で買う

楽天ブックス ブックサービス

tel **0120-29-9625**

(9：00 ～ 18：00　土日祝も受付)

お電話で「欲しい書名」「お名前」
「ご住所」「お電話番号」をお知らせください。
お支払いは代引き対応。
別途、送料、手数料が必要です。

皆さんのご注文、
お待ちしてます!

全国の書店や通信販売で買えます！

●超シルバー川柳シリーズ（90歳以上のご長寿だけの特別選）

超シルバー川柳	あっぱれ百歳編	1100円	02917-7
超シルバー川柳	人生の花束編	1100円	02959-7
超シルバー川柳	毎日が宝もの編	1150円	02984-9
超シルバー川柳	笑顔がいっぱい編	1150円	03066-1

●毒蝮三太夫の“毒舌＆愛情”作品コメント付き　特別編

シルバー川柳特別編	バパァ川柳 女の花道編	1019円	02458-5
シルバー川柳特別編	バパァ川柳 人生いろいろ編	1100円	02827-9
シルバー川柳特別編	ジジィ川柳	1019円	02405-9

●シルバー川柳入門書、関連商品

シルバー川柳入門（新装版）	1430円	02979-5
シルバー川柳 開運かるた	1430円	02848-4

お買い求め方法は次のページに

バックナンバー 大好評発売中!

●シルバー川柳シリーズ（60歳以上の傑作選）

シルバー川柳	一期一会編	1047円	02243-7
シルバー川柳	七転び八起き編	1019円	02312-0
シルバー川柳	人生劇場編	1019円	02378-6
シルバー川柳	百歳バンザイ編	1100円	02731-9
シルバー川柳	こんにちは令和編	1100円	02818-7
シルバー川柳	千客万来編	1100円	02857-6
シルバー川柳	いつでも夢を編	1100円	02910-8
シルバー川柳	明日《あした》があるさ編	1100円	02955-9
シルバー川柳	太陽の季節編	1150円	02980-1
シルバー川柳	ああ夫婦編	1150円	03023-4
シルバー川柳	丘を越えて編	1150円	03042-5
シルバー川柳	上を向いて歩こう編	1150円	03062-3
シルバー川柳	バラ色の人生編	1150円	03092-0
シルバー川柳	長生き上手《じょうず》編	1150円	03105-7

＊定価は税込み価格です。予定なく変更になる場合もあります。
＊書名の後の数字は ISBN コードです。書店様には頭に「978-4-309」を付けてご注文ください。
＊売り切れの際はご容赦ください。

河出書房新社の

シルバー川柳シリーズ

今すぐ買える！

既刊本のお知らせ
（バックナンバー）

「書店」や「電話による通信販売」で
ご注文できます。

河出書房新社
〒151-0051 東京都渋谷区千駄ヶ谷 2-32-2
Tel 03-3404-1201　Fax 03-3404-0338
https://www.kawade.co.jp/

カニ食べて
独りぼっちの
バースデイ

あの世から
電話をしてよ
かあさんよ

4句とも、久保山佳明（81歳）

耳悪く
電話は出んと
決めており

衛藤憲清（86歳）

糸通し
やっと出来たが
疲れ果て

斎藤文子（72歳）

「留守ですよ」
行く先聞けば
皆病院

中矢幸子（83歳）

年老いて
凍《とう》結《けつ》路《ろ》面《めん》
地《じ》獄《ごく》道《みち》

成澤治雄（88歳）

息つめて
白菜ざくり
切りにけり

新井和子（83歳）

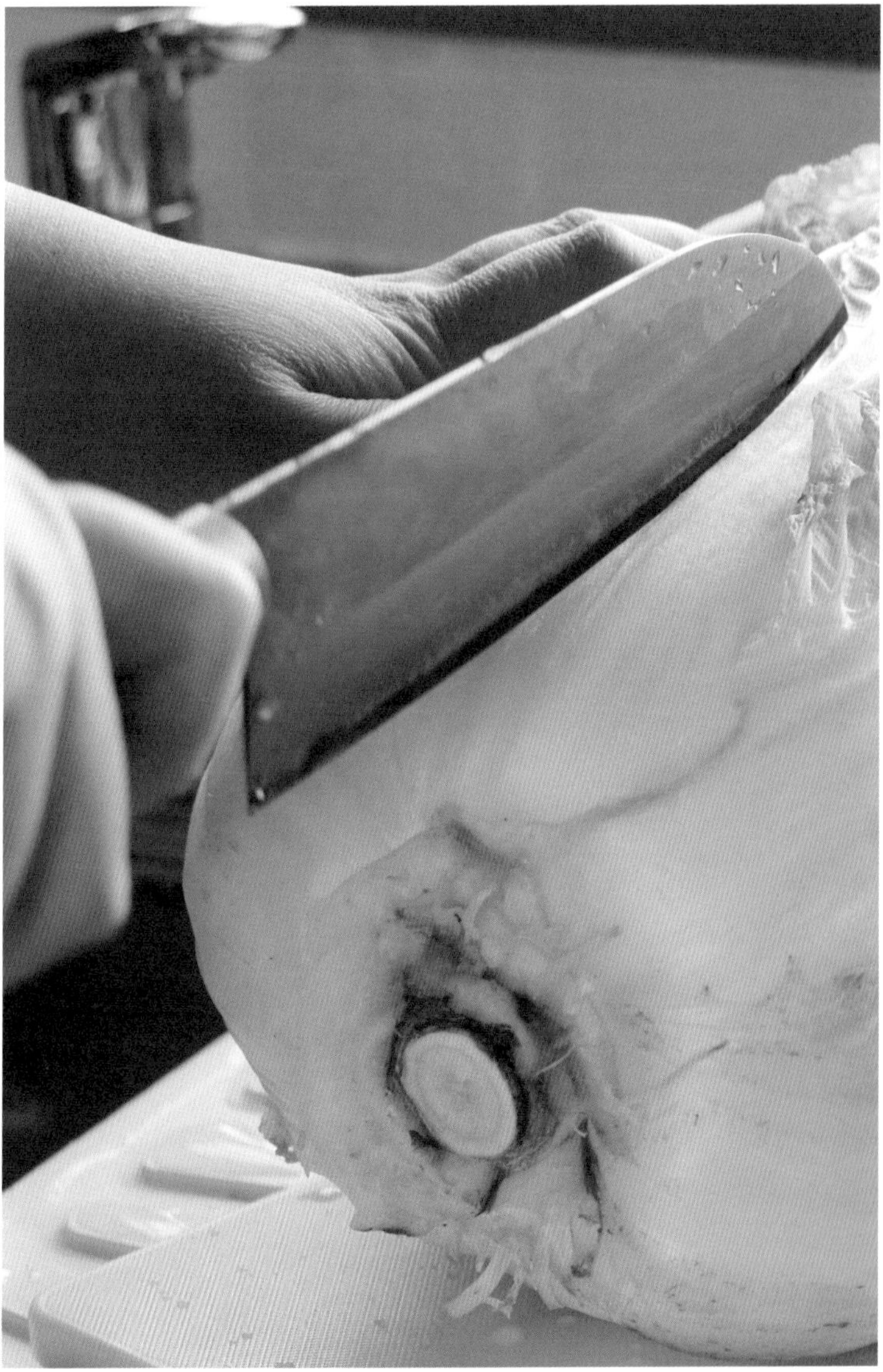

孫の式
花嫁衣装
着たかった

斉藤静子（81歳）

風呂でなく
溺《おぼ》れるなら
恋でしょう

長谷川幸子（88歳）

喜寿祝
銀《ぎん》恋《こい》かけて
チークでも

衣鳩智恵子（77歳）

九〇歳以上の川柳の部屋

～あっぱれ！人生の大先輩～

よく寝て、よく笑い、よく手や口を動かす！
超シルバーの暮らしを川柳で覗いたら、
元気のヒントがもらえそう。

郵便はがき

恐れ入りますが
63円切手を
お貼り
ください。

1510051

（受取人）
東京都渋谷区千駄ヶ谷2の32の2
河出書房新社
『シルバー川柳』
愛読者カード係行

お名前	年齢： 歳 性別： 男・女
ご住所 〒	
ご職業	
e-mailアドレス	

弊社の刊行物のご案内をお送りしてもよろしいですか?

□郵送・e-mailどちらも可　□郵送のみ可　□e-mailのみ可　□どちらも不可

e-mail送付可の方は河出書房新社のファンクラブ河出クラブ会員に登録いたします（無料）。
河出クラブについては裏面をご確認ください。

ご記入いただいた個人情報は、ご希望の方へのご案内送付や出版企画の参考等に利用、ご感想は弊社の新聞・雑誌広告、HP等で掲載させていただくことがございます。ご了承ください。上記目的以外では使用しません。

愛読者カード『　　　　　　　　　　　　　　編』を読んで

空欄にお読みの書名(『シルバー川柳○○編』の○○部分)をご記入ください。

●どちらの書店にてお買い上げいただきましたか？

地区:　　　　　　都道府県　　　　　　　　市区町村

書店名:

●本書を何でお知りになりましたか？

1.新聞／雑誌(＿＿＿＿＿＿新聞／広告・記事)　2.店頭で見て

3.知人の紹介　4.インターネット　5.その他(　　　　　　　)

●定期購読している雑誌があれば誌名をお教えください。

●本書についてご意見、ご感想をお聞かせください。

かわくら
河出クラブ
読む。考える。動く。——河出とあそぼ。
河出クラブ(かわくら)会員募集中　入会無料
会員限定のイベントを随時開催するほか、新刊・近刊のお知らせ、著者・編集者からのとっておきの情報をメールマガジンでお届けします。
ご入会は河出書房新社HPから　http://www.kawade.co.jp/kawakura/

頭では
アレコレからだは
寝ていたい

山内賀代（92歳）

サザエさん
読んで笑って
ぐっすり寝

松田瞭子（97歳）

惚《ぼ》けがきて
惚《ほ》れた家内に
「どちら様」

海老原徳彦（90歳）

気に入らぬ
奴《やつ》も居《い》ように
招き猫

塚原武晴（102歳）

婆《ばば》特技
まわりをみんな
孫にする

久慈レイ（95歳）

笑うこと
長生きすると
本にあり

町田猶子（93歳）

駄菓子屋の
おじさん今も
そろばんで

町田猶子（93歳）

九〇歳以上の川柳の部屋

～あっぱれ！人生の大先輩～

卒寿越え
夫に寄り添い
初写真

尾崎サカエ（91歳）

墓参り
これが最後か
杖《つえ》頼る

町田猶子（93歳）

飲み忘れ
薬チョイチョイ
酒はなし

白木幸典（93歳）

ちらし寿司
老女一人が
ひな祭り

小高辰子（86歳）

バイキング
袖《そで》ゴム使い
張り切って

千葉家壽子（86歳）

自分への
ご褒《ほう》美《び》にって
モンブラン

福島りょん（68歳）

抜けそうだ
無理なんだけど
歯を守る

下原田リツ子（74歳）

半年に
一度の検査
六つある

嶋田祐子（64歳）

オペ終えた
まだ生きろって
ことだろか

勝又千恵子（82歳）

薬局は
処方するのに
「処方せん」

清水良明（88歳）

胸張った
つもりで見たら
腹が前

加藤信子（74歳）

脱衣場の
バァバも応援
ヌードバー

借家住まい
唯一自慢
大《おお》痔《じ》主《ぬし》

女です
魔性でなくて
冷え性の

レンタカー
ここで私《わたくし》
降りっくす

4句とも、中沢民雄（69歳）

半額
全品半額
半額
半額
半額
半額
半額
半額

ばあさんが
鬼と化したる
特売日

石川 昇（70歳）

半額の
シールみるたび
幸あふれ

阿部澄江（69歳）

ネックレス
美のためじゃない
肩こりに

村上泰子（83歳）

アイライン
お化けになるよ
手の震え

狩野やす子（83歳）

表紙見て
やせる貯まるで
買わされる

岡本幸子（81歳）

スッピンの
八十路《やそじ》の女《ひと》が
美しい

田中倶子（83歳）

ばあ友は
二匹の猫と
寒《かん》雀《すずめ》

足利政栄（82歳）

テレビ壊れ
ああ冷蔵庫
お前もね

松山敬子（82歳）

ダーツより
的当てにくい
ウォシュレット

上村 栄（70歳）

目も耳も七十年でガタがくる

近藤圭介（70歳）

幸せが
一瞬にとける
本マグロ

山田和子（80歳）

何処《どこ》行くの
監視の老夫《おっと》
手に負えぬ

中沢定子（75歳）

角隠し
隠し続けて
欲しかった

櫻井康雄（68歳）

風まかせ
そして今日から
妻まかせ

近藤圭介（70歳）

爺《じい》は食う
婆《ばあ》は食べぬと
カビの餅

焼餅を
フォークとナイフで
切って食う

2句とも、有元克英（86歳）

物価高
美味しい物は
量《かさ》がない

新田みち子（81歳）

ババアは
夫の悪口
盛り上がる

野田宮子（82歳）

日記には
妻の悪口
ローマ字で

本田哲祥（63歳）

我が妻は
俺の弱点
押さえてる

菅田稔（78歳）

背をのばせ
箸の持ち方
叱《しか》る妻

青木三郎（73歳）

定年後
増えるトイレと
妻の指示

山田明（72歳）

聞き違い
言い間違いと
なすり合い

渡部敬三（73歳）

定刻に
夫が起きぬと
顔のぞく

熱海三枝子（87歳）

寝たきりの
夫に頼む
背中かき

佐藤優子（76歳）

女房と
丸く収まる
「はい・はい・はい」

有元克英（86歳）

みそ汁の
旨《うま》味《み》の中に
妻の影

野口成人（67歳）

早起きは
電気代の損
まだ寝てな

衣鳩智恵子（77歳）

節電で
全員集合
お茶の間へ

専徒直子（86歳）

電気代
年金よりも
高くなり

官澤秀夫（66歳）

定期購読
読まないうちに
次が来る

今野弥生（66歳）

訃報欄
吾《われ》より上を
捜《さが》してる

神山慧子（84歳）

ポスティング
葬儀に墓地に
せかせるな

斉藤静子（81歳）

「今年こそ」
覚えているのは
2月まで

島田正美（74歳）

立ち読みで
献《こん》立《だて》見たが
もう忘れ

鈴木洋子（86歳）

若い頃
戻りたくない
今がいい

櫻井康雄（68歳）

怖かった
誉《ほ》めてもくれた
父しのぶ

高橋えみ子（72歳）

頑《がん》丈《じょう》な
屋根を残せし
父の愛

奥間良江（61歳）

鳴いてくれ
待つ時間がないよ
ホトトギス

田中倶子（83歳）

星になる
聞いて見上げりゃ
寒いだけ

森本圭以子（61歳）

子に読んだ
三匹の子豚
鮮やかに

國井頼子（79歳）

子の絵本
ママだった日も
あったわネー

瀬戸睦子（74歳）

ろうそくの
林になった
バースデーケーキ

田中則子（79歳）

亡き夫《つま》の好《こう》物《ぶつ》揃え黙食す

神山慧子（84歳）

おはようただいまと
生前よりも
仲よしネ

安藤恵子（79歳）

【編者あとがき】

『みやぎシルバーネット』　編集発行人　千葉雅俊

とても嬉しい出来事がありました。長年投稿を続けてくださっていた96歳の女性がいったん引退を決意されたのですが、今年一月に出たシルバー川柳本にご自身の作品が掲載されたのをきっかけに復帰されたんです。もしかしたら生まれなかったかもしれない川柳と、また出会える喜びで一杯です。そんな特別な一通も加わって、投稿ハガキの束の厚みは増すばかり。戦後のベビーブームに生まれた団塊の世代が後期高齢期を迎えているのも、背景に挙げられそうです。

シルバー川柳も引っ張りだこ。活躍のフィールドが広まっています。たとえば、特殊詐欺防止のポスターで川柳がにらみを利かせたり、週刊誌の高齢社会の記事中で現実味を加える重要な役割を担ったり、介護関連の配布物ではニヤッとさせる息抜き的を存在をまかせられたり……。

今年三月には、神奈川県教育委員会が発行した小・中学校向けの『人権学習ワークシート集』において、シルバー川柳が活用されました。このワークシートの狙いは、次の二つ。

①「高齢者がどのような思いで日常生活を送っているのか、その思いに触れることで高齢者理解の心を育む」

②「高齢者がよりよい生活を送るために、自分にできることを考え、取り組んでいこうとする態度を養う」こと。

シルバー川柳には高齢者の本音や夢や希望などもユーモアを交えながらよまれています。作品に年齢が併記されてて情景を思い浮かべやすいことも手伝い、子供たちが高齢者を理解するために効果的と判断されたようです。少子高齢化が一層進む中、支えていく年代と支えられる年代との相互理解はより不可欠。席を譲ってくれたり、高齢者の心の奥底に寄り添ってくれる優しい子供たちが増えてくれるといいですね。なお、同教育委員会が昨年発行した高校向けの『人権学習ワークシート集』でも、シルバー川柳が活

神奈川県教育委員会が発行した『人権学習ワークシート集 第17集（小・中学校編）』

用されています。

この二つのワークシートに掲載された作品をよく見ると、子や孫への愛情あふれるものが目立ちます。作品に触れた子供たちは、家族との何でもない日々の尊さであったり、子供を産み育てることの素晴らしさといったことにも感じるものがあったりするのではないでしょうか。政府が取り組む異次元の少子化対策、こちらにもシルバー川柳は応援団になれると信じたいです。

満点と　百歳目指す　孫と祖母　　氏家正彦（66歳）
声変わり　可愛い孫が　遠ざかる　　矢口敬治（80歳）
還暦を　迎えた息子に　感無量　　曽我部多喜子（82歳）
絵にもなる　恋人つなぎの　老夫婦　　白木幸典（89歳）
孫の手を　つなぐといのち　惜しくなる　　菅野宏司（84歳）
（ワークシート掲載句より）

河出書房新社「シルバー川柳」編集部

二〇二三年の春、コロナ禍での暮らしの制限もやっとゆるんできましたね。直接、対面で会いにくかった家族やお友達との交流も徐々に復活！　街に賑わいが戻り、会食や国内外の旅の機会も再び。そんな心の解放感は皆さんの投稿川柳にも反映されていて、うきうきと楽しく元気な作品が増えてきました。とっても嬉しく思います！

読者のN・Mさん（76歳）からのお便り。「行儀の悪い私ですが、川柳で笑い飛ばして生きていきたい、生きていこうと思っています。この調子で楽しめたらいいなぁ……」。H・Mさん（101歳）からは「コロナでできなかった妻のお墓参り、やっと外出許可。これからも人生の進軍ラッパを胸に鳴らして暮らす」といただきました。他にもたくさんの前向きなメッセージが投稿川柳と一緒に届いています。皆さんの心が、再び縮こまりを強いられるような状況になりませんように。そんな願いをこめて、今作の書名を「天真らんまん編」としました。心を自由に、ありのままに！　シルバー川柳がそのお供になれたら最高です。

60歳以上の方の
シルバー川柳、募集中！

ご投稿規定

- 60歳以上のシルバーの方からのご投稿に
限らせていただきます。
- ご投稿作品の著作権は弊社に帰属します。
- 作品は自作未発表のものに限ります。
- お送りくださった作品はご返却できません。
- 投稿作品発表時に、ご投稿時点での
お名前とご年齢を併記することをご了解ください。
- ペンネームでの作品掲載はしておりません。

発表

今後刊行される弊社の『シルバー川柳』本にて、
作品掲載の可能性があります（ご投稿全作ではなく
編集部選の作品のみ掲載させていただきます）。
なお、投稿作品が掲載されるかどうかの個別の
お問い合わせにはお答えできません。何卒ご了解ください。

あなたの作品が本に載るかもしれません！

ご投稿方法

- はがきに川柳（1枚につき5作品まで）、郵便番号、住所、氏名（お名前に「ふりがな」もつけてください）、年齢、電話番号を明記の上、下記宛先にご郵送ください。
- ご投稿作品数に限りはありませんが、はがき1枚につき5作品まででお願いします。

〈おはがきの宛先〉

〒151-0051
東京都渋谷区千駄ヶ谷2-32-2
（株）河出書房新社
編集部「シルバー川柳」係

みやぎシルバーネット

一九九六年に創刊された高齢者向けのフリーペーパー。主に仙台圏の老人クラブ、病院、公共施設等の協力を得ながら毎月三五〇〇〇部を無料配布。高齢者に関する特集記事やイベント情報、サークル、遺言相談、読者投稿等を掲載。

https://miyagi-silvernet.com

千葉雅俊　『みやぎシルバーネット』編集発行人

一九六一年、宮城県生まれ。広告代理店の制作部門のタウン紙編集を経て、独立。情報発信で高齢化社会をより豊かなものにしようと、高齢者向けのフリーペーパーを創刊。シルバー関連の講演会などの活動も行う。選者を務めた書籍に『シルバー川柳』『超シルバー川柳』シリーズ（小社）、『シルバー川柳　孫へ』（近代文藝社）。著書に『みやぎシニア事典』（金港堂）などがある。

ブックデザイン	GRiD
編集協力	毛利恵子（株式会社モアーズ） 忠岡 謙　（リアル）
写真	ピクスタ
Special thanks	みやぎシルバーネット「シルバー川柳」読者、投稿者の皆様。 河出書房新社編集部に投稿してくださったシルバーの皆様

笑いあり、しみじみあり
シルバー川柳　天《てん》真《しん》らんまん編

二〇二三年八月二〇日　初版印刷
二〇二三年八月三〇日　初版発行

編者　みやぎシルバーネット、河出書房新社編集部
発行者　小野寺優
発行所　株式会社河出書房新社
〒一五一-〇〇五一
東京都渋谷区千駄ヶ谷二-三二-二
電話　〇三-三四〇四-一二〇一（営業）
〇三-三四〇四-八六一一（編集）
https://www.kawade.co.jp/

組版　GR.iD
印刷・製本　図書印刷株式会社

Printed in Japan　ISBN 978-4-309-03125-5

落丁本・乱丁本はお取り替えいたします。

本書のコピー、スキャン、デジタル化等の無断複製は著作権法上での例外を除き禁じられています。本書を代行業者等の第三者に依頼してスキャンやデジタル化することは、いかなる場合も著作権法違反となります。

次号予告

次の
第23弾
シルバー川柳本は
2024年1月ごろ
発売予定です！

次巻もお楽しみに♪
バックナンバーも好評発売中です。
～くわしくは本書の折り込みチラシをご覧ください～

河出書房新社　Tel 03-3404-1201
https://www.kawade.co.jp/